LETTRE

DE VALCOUR,

A SON PERE,

POUR SERVIR DE SUITE ET DE FIN
AU ROMAN DE ZEILA;

PRÉCÉDÉE D'UNE APOLOGIE DE L'HEROIDE,
EN RÉPONSE

A LA LETTRE D'UN ANONYME,

A M. DIDEROT.

A PARIS,

De l'Imprimerie de SÉBASTIEN JORRY, rue &
vis-à-vis la Comédie Françoife, au Grand Monarque
& aux Cigognes.

M. DCC. LXVII.

APOLOGIE
DE L'HEROIDE.

Aprés la promeſſe que j'ai faite, je demande très-férieuſement pardon au Public en général, & en particulier, à tous ceux qui ont de l'antipathie pour les Héroïdes, de leur en préſenter encore une, & de choquer ainſi leur goût ou leur préjugé. Mais celle-ci ne doit étre regardée que comme la ſuite d'un Ouvrage, qu'on me reprochoit de laiſſer imparfait. On a vu Zéïla trahie, abandonnée; Valcour repentant, qui part pour réparer ſon crime. Mais que deviendrat-il ? Qu'eſt devenue Zéïla elle-méme ? Reſpire-t-elle encore? Eſt-elle Eſclave ou libre ? C'eſt pour completter tous ces intéréts ſuſpendus, que j'ai imaginé la lettre qui ſuit, la dernière abſolument que je prétende expoſer à la ſatiété de mes ſévères

A ij

Ariſtarques. J'avouerai d'ailleurs , qu'elle
m'a offert des tableaux & des ſituations qui
m'ont ſéduit : on y trouvera plus d'action ,
plus de mouvement , & , en quelque ſorte,
plus de dramatique que dans les précédentes.
Un autre avantage , digne peut - être de
quelqu'attention , c'eſt que les trois lettres,
qui concernent Zéïla , réunies , achévent une
eſpéce de petit Roman en vers ſous une forme
unique , ou du moins rare dans notre langue.

On me reprochera ſans doute quelques
invraiſemblances ; celle par exemple d'avoir
fait entrer Zéïla au Serrail quoique, par une
délicateſſe ridicule, on y exige, au profit du
Sultan , la plus ſcrupuleuſe virginité. Mais
eſt - il impoſſible qu'il ſe ſoit gliſſé d e la
fraude dans un coſtume auſſi rigide ; tout
paſſe avec un peu d'adreſſe ; & le grand
Turc , malgré ſa réputation de connoiſſeur,
peut y être trompé tout comme un autre.

Au moins je le crois, & , si c'est une erreur; comme elle n'est pas dangereuse, on voudra bien me la pardonner.

PARMI les clameurs confuses, élevées contre l'Héroïde & ses plaintifs adhérens, il ne faut pas confondre la voix d'un Anonyme qui vient de l'attaquer avec force ; mais au moins avec esprit, de la délicatesse & une apparence de vérité. Il veut détruire le genre, en ménageant ceux qui s'y sont exercés. Il flatte l'amour-propre, même en le contrariant, & guérit d'une main les blessures qu'il fait de l'autre. Telle est la séduction qui devroit toujours accompagner la critique ; elle seroit utile alors, & finiroit même par devenir aimable ; comme certaines femmes privilégiées que l'on adore, en dépit de leurs rigueurs. L'Anonyme me permettra de répondre à quelques-uns de ses reproches.

I L établit d'abord que le genre de l'Héroïde eſt un genre *froid & faux*. Voilà, ce me
ſemble, un jugement bien ſévère : un genre
eſt faux, lorſqu'il eſt évidemment contraire
à la nature. Or je ne vois rien de ſi naturel
que de ſuppoſer un Perſonnage intéreſſant,
agité de quelque paſſion violente, qui, par
le moyen d'une lettre, ſoulage les ennuis de
l'abſence , & répand ſon ame & ſes ſecrets
dans le ſein d'un père , d'une épouſe , d'une
maîtreſſe ou d'un ami. Une lettre , de tous les
genres d'écrire, eſt le plus vrai, le plus rap-
proché de l'entretien ordinaire , & le plus pro-
pre ſur-tout au développement de la ſenſibili-
té. Il n'eſt donc point faux , & comment ſe-
roit-il froid avec cette derniere prérogative ?
D'ailleurs, quelqu'Ouvrage qu'on ſe propoſe,
la chaleur ou le froid ſera moins dans le genre
que dans l'ame & l'imagination de ceux qui
s'y deſtinent. On convient que la Tragédie eſt

ou doit être une production pleine de feu ; on ne veut pas même convenir que l'Héroïde en foit fufceptible. Cependant que de Tragédies glaciales, & quelle chaleur dans l'Héloïfe de M. Colardeau ! Tout dépend de celui qui écrit ; & le moindre trait d'un pinceau brûlant détruit toutes ces ingénieufes combinaifons, éclofes dans le calme du cabinet.

L'Anonyme fonde furtout fon averfion pour l'Héroïde fur la néceffité, ou plutôt l'ufage, établi de tout temps, de l'écrire en vers. Pourquoi réveiller une guerre oubliée, & rajeunir des réfléxions méthodiques, qui tendoient à bannir la Poëfie de je ne fçais combien d'ouvrages dont elle fait le premier charme. La Poëfie eft un langage à part, reçu & adopté comme la Mufique qui enchante tous les jours nos oreilles, & fe venge par le fentiment de tous les calculs de la raifon. Eft-il vraifemblable qu'on se peignarde & qu'on meure en chantant ? Est-il vraisemblable que gros René, Mascarille, Flipotte & Cataut parlent en vers ? Oui, tout cela rentre dans l'ordre de la vraisemblance, & devient une seconde nature, par la force de l'habitude, & l'autorité des suffrages. Une langue n'est qu'une convention, & peut avoir différents dialectes. Donnez ce nom à la Poësie & à la Musique, vous aurez tranché le nœud de la difficulté.

JE ne sçais trop pourquoi l'Anonyme souffre, & même autorise les vers dans la Tragédie. D'après son systême, ils y sont aussi déplacés que partout ailleurs. Je ne sçais pas même si ce n'est pas le genre où ils devroient le choquer davantage. C'est parce que je vois Ninias, Séïde & Zamore dans les convulsions du désespoir, que j'exige d'eux un langage moins composé ; plus je suis frappé de la
vérité

vérité de leurs mouvemens , plus je veux de vérité dans leur expreſſion. *L'appareil de mille Citoyens aſſemblés , l'optique des déco-rations , l'illuſion du coſtume ,* ne me rendent pas moins difficile. Je ne ſuis point tranſporté dans une *autre ſphere ;* car le Théâtre , pour fixer & mériter mon attention , doit être la peinture fidelle des malheurs qui nous aſ-ſiégent , des paſſions qui nous agitent , & des vertus qui nous conſolent.

AINSI je n'apperçois pas bien ſur quoi l'A-nonyme appuie ſa diſtinction , qui ne paroît pas du tout une conſéquence de ſon principe.

QUELLE *diſpoſition à l'illuſion peut-on at-tendre,* dit-il, *d'un Lecteur indifférent,& malin-tentioné,qui prend une Héroïde par déſœuvre-ment,& lit à contre-ſens & à voix baſſe des vers qui dès-lors perdent tout le charme de la caden-ce & de l'harmonie?* Quel tribut l'Auteur en

doit-il attendre ? L'ennui. A la bonne heûre.
Il s'enfuit de là qu'il ne faut point faire de vers
pour les gens qui ne fçavent pas lire, & qui
font mal intentionnés ; mais cela ne prouve
point que l'Héroïde ne doit pas être écrite
en vers.

LA Poëfie peut s'emparer de tous les genres où la paffion refpire. Rien n'eft fi paffion-
né, fi brûlant que les premieres Lettres de
Julie à S. Preux. Hé bien, je les fuppofe mi-
fes en vers par Racine : de bonne foi croit-
on qu'elles y perdiffent beaucoup, & qu'on
regrettât infiniment d'entendre parler Julie
comme Phédre, Roxane & Hermione ? La
vraie Poëfie ne laiffe point appercevoir fon
méchanifme ; elle fe fait fentir à l'ame avant
que l'efprit ait eu le temps de la précaution-
ner contre fon plaifir : comme dans un con-
cert on oublie les inftrumens, pour ne s'oc-

cuper que des fons enchanteurs qui en réful-
tent, & produifent la plus touchante harmonie. L'Aggreffeur de l'Héroïde fait *une claffe
féparée de tous les genres que la gaité vi-
vifie.* Il prétend que toutes les formes leur
conviennent, profe ou vers. *Les hommes,* dit-
il, *& parmi eux les François de préférence,
pardonnent tout, fe prêtent à tout, pourvu
qu'on les amufe.* Il fait à ce fujet une réflé-
xion qui peut trouver des contradicteurs.
Prodigues de notre gaîté, nous fommes ava-
res de nos larmes. Tel eft fon fentiment, dé-
menti par l'expérience de tous les jours. C'eft
par le cri des hommes raffemblés qu'on peut
juger fur-tout le caractère d'une Nation, &
nos Spectacles feroient peut-être la meilleure
Ecole d'un Moralifte. Hé bien, ces mêmes
Spectacles ne fe foutiennent que par les grands
tableaux, les tableaux nobles, pathétiques &
attendriffans. Molière eft beaucoup moins fuivi

B ij

que Corneille ; une Tragédie nouvelle fait beaucoup plus de fenfation qu'une Comédie nouvelle ; & le Public d'aujourd'hui n'eft point du tout le Public de l'autre fiécle. On m'objectera peut-être le fuccès d'une Scène* bâtarde & bouffonne qui enrichit quelques talens médiocres aux dépens du goût & de la raifon ; mais c'eft une exception dont il faut rougir, & qu'on ne doit pas citer.

Il eft difficile de fixer abfolument le caractère d'un Peuple. Auffi mobile que le temps, il fe charge d'âge en âge de mille nuances imperceptibles, qui en étouffent à la fin la nuance primitive & le trait original. Nous ne fommes certainement pas ce que nous paroiffons être. Notre délire fuperficiel, fur lequel on nous juge, ne va point jufqu'au fond

---

* Il faut excepter quelques Ouvrages agréables, & fur-tout la Mufique charmante de MM Duni, Philidor & Monfigni.

de nos cœurs guérir ce fond de mélancolie, qui perce quelquefois à travers le masque & les déguisemens. Rien ne décéle mieux l'ennui de soi-même & le vuide de l'ame, que ce goût de Parades qui s'introduit dans nos Sociétés. Après tous les éclats d'une gaîté convulsive, on est tout surpris de se retrouver triste ; on cherche un plaisir plus neuf, plus attachant, plus délicat, & l'on court, pour se défennuyer d'avoir ri, pleurer avec délices à la repréfentation d'Ariane, d'Alzire & de Mahomet.

VOILA ce que nous voyons à tout moment & ce qu'il n'est guère possible de réfuter.

L'AUTEUR de la Lettre à M. D... par une suite de son idée, condamne dans les Héroïdes les sujets sombres & lugubres. Qu'importe pourvu qu'ils soient interessans, qu'ils

remuent, qu'ils tranſportent , & qu'ils compen-
ſent la briéveté de l'ouvrage par la violence
des ſecouſſes, & la force des impreſſions. Il
paſſe enſuite au poëme épique , & didactique ;
au genre de l'Epître , & du diſcours ; c'eſt
dans ces productions particuliérement qu'il
reconnoît l'empire de la Poëſie , & qu'il l'appelle la langue de *la mémoire.* Pourquoi ne
feroit-elle pas de même dans l'Héroïde la
langue de la mémoire ? Un beau vers, un vers
de ſentiment ſe retient, quelque part qu'il ſe
trouve.

E N général l'Anonyme affecte un peu trop
de prévention , contre un genre ſur lequel
peut-être il n'a point aſſez réfléchi. Ingé-
nieux comme la Motte, il eſt comme lui
ſyſtématique. Pour moi j'imagine que tous
les genres bien traités ont leur mérite diſtinctif,
qu'il eſt inutile de leur diſputer. Ne nous

érigeons point en cenſeurs trop épineux ; ne donnons des loix qu'avec une extrême circonſpection, ſur-tout à la Poëſie, qui a ſon foyer dans l'ame, & qui ne reconnoît pour modèle que le tableau même de la Nature. Les différentes ſortes de talents doivent être à la Société, ce qu'eſt à la terre la variété des fleurs. Les unes nous plaiſent plus que les autres, mais preſque toutes ont leurs parfums, leur éclat & leur beauté. Les Églogues de Théocrite, les Idilles de Gallus, les Héroïdes d'Ovide ont paſſé juſqu'à nous comme l'Iliade d'Homère, les Tragédies de Sophocle, & le Traité de Longin. La poſtérité n'a point d'égards à toutes les contradictions des contemporains. Sa main impartiale diſtribue des couronnes à tous ceux qui ſe ſont diſtingués dans les genres qu'ils avoient choiſis. Mais je m'apperçois que je me ſuis engagé dans une diſſertation ſurement trop longue,

& par conséquent ennuieuse. Comme j'ai travaillé dans le genre qu'on attaque, il m'étoit permis de le défendre. Non que je me visse enlever avec regret la petite gloire d'avoir fait quelques Héroïdes ; je suis loin d'attacher de l'importance à ces foibles productions ; je tiens très-foiblement à mes ouvrages, mais un peu à mes idées, & beaucoup à mes sentimens.

J. Eisen inv.
J. B. Simonet Sculp.

LETTRE
DE VALCOUR
A SON PERE.

Mon Bienfaiteur ! mon Père ! en cet heureux moment,
Permets à mes transports ce tendre épanchement ;
Tu vis le sombre ennui, la profonde tristesse
Dessécher par degrés la fleur de ma jeunesse.

C

Le crime, alors, le crime habitoit dans mon cœur ;

Je n'avois pas le droit de prétendre au bonheur.

Maître de mon secret, tu frémis du coupable.

Je n'oublirai jamais ce courroux vénérable

Qui montra la lumière à ce cœur abattu,

Et me faisant rougir, me rendit ma vertu.

Ma vertu t'appartient, & je t'en dois l'hommage ;

Puisse-t-il ranimer les langueurs de ton age,

Et sur tes cheveux blancs, sur ton front respecté

Répandre les rayons de ma félicité !

Zélia vit encor ; Zélia m'est fidelle :

Elle fut malheureuse ; elle est cent fois plus belle.

Ah ! grand Dieu ! quel trésor j'avois abandonné !

Juge de son amour...., elle m'a pardonné.

Je renais ; sous mes pas sa main ferme un abîme ;

Un autre air m'environne ; un nouveau sang m'anime.

Mais apprends quel outrage & quels maux j'ai soufferts :

Daigne, un instant me voir égaré sur les mers,

Par d'affreux souvenirs epouvanté sans celle,

Ne fachant plus fur qui j'appuirois ma foiblesse,

Auffi loin de mon Père expirant dans les pleurs,

Que de l'objet facré, trahi par mes fureurs ;

J'entendois, tour-à-tour, dans mon ame tremblante ;

Les fanglots paternels & les cris d'une Amante.

C'eft alors qu'abîmé dans le fein des douleurs,

Je mefurai mon crime, & vis tous mes malheurs.

JE touche enfin aux lieux, témoins de mon parjure,

Où j'outrageai l'Amour, & bravai la Nature ;

Où je connus la honte .... à l'afpect de ces bords ;

Je ne pus contenir ma crainte & mes tranfports.

Quels fentimens divers combattoient dans mon ame !

La terreur la faifit, l'efpérance l'enflâme :

Je rougis, je pâlis, mes yeux n'ofent s'ouvrir ;

Et cet effroi mortel eft mêlé de plaifir.

Avec frémiffement je defcends fur la rive,

Je crois, à chaque pas, voir Zéïla captive,

Qui, me reconnoiffant parmi fes oppreffeurs,

Se profterne à mes pieds, les inonde de pleurs ;

Et, par moi seul réduite à tant d'ignominie,

Lève vers moi ces mains qui m'ont sauvé la vie.

A ce tableau, je cours, dans la foule égaré,

Vers le fatal réduit du Tyran abhorré,

Qui fit esclave, hélas ! un objet plein de charmes ;

Paya le droit affreux de voir couler ses larmes,

Et courba sous le joug des plus barbares loix,

Ce vertueux orgueil, libre au moins dans les bois.

J'ENTRE... Ciel ! quel objet devant moi se présente ?

Un triste & foible enfant, que ma vue épouvante.

Ah ! j'en frissonne encor ; ses bras étoient meurtris.

Il sembloit que la crainte eût étouffé ses cris.

Fuyant vers son berceau ma présence étrangère ;

Ses timides regards redemandoient sa mère.

Rempli d'un morne effroi, souffrant, inanimé,

D'une lente douleur il mouroit consumé.

Des traits de Zeïla je crus, sur son visage,

Distinguer, entrevoir une confuse image.

Je sens des pleurs alors s'échapper de mes yeux ;

Et prends entre mes bras cet enfant malheureux.

Docile à cet inſtinct dont la douceur m'attire,

A travers les ſanglots où ma parole expire,

Zéïla, m'écriai-je; & cet enfant ſoudain

Me ſerre, en ſouriant, de ſa débile main :

Il ne peut s'arracher de mon ſein qu'il careſſe;

Et m'appelle ſon père, en voiant ma tendreſſe.

Son maître accourt, menace, &; prêt à lui parler,

Je ſens ma voix s'éteindre, & mon cœur ſe troubler.

Je l'interroge enfin, après un long ſilence;

Je le preſſe : il me fixe, & quelque temps balance.

Que voulois-je ſçavoir ? que m'apprend-il, hélas?

» De Zéïla, dit-il, l'enfant eſt dans vos bras :

» Sous de moins dures loix ſa mère eſt enchaînée;

» Aux plaiſirs du Serrail le Ciel l'a deſtinée :

» C'eſt moi qui l'ai venduë. A ces mots foudroyans,

Le friſſon de la mort s'empara de mes ſens,

Mon malheur eſt au comble : il me rend le courage.

» Sers-moi, dis-je à ce Monſtre, & venge mon outrage,

» Aux lieux ou Zéila languit dans les regrets,

» Il faut, dès cette nuit, me frayer un accès :

» Tout cet or est à toi. Que ne peut l'avarice ?

De mon noble projet il devient le complice.

D'un Garde du Palais il court gagner la foi ;

Et l'habit Musulman est revêtu par moi.

Résolu de mourir, quelle eût été ma crainte ?

Du serrail, sans trembler, je pénétrois l'enceinte.

Les horreurs, les périls, dont j'étois entouré,

Me sembloient un triomphe à mes vœux préparé.

Je voulois voir encor mon amante fidelle ;

Trop heureux que mon sang fût versé devant elle !

QUE la nuit parut lente à mon empressement !

Au retour du Soleil, je me crus, un moment,

Jouet d'une vapeur ou d'un pouvoir magique.

Devant moi se découvre un péristile antique,

Où différens parfums marioient leurs odeurs

Aux parfums exhalés de cent vases de fleurs.

A des balustres d'or s'enlaçoit un feuillage

Qui tempéroit le jour par son utile ombrage.

Cent réservoirs d'eau vive, entourés de jasmins,

Baignoient, en s'épanchant, l'albâtre des bassins.

Le plafond déployoit la plus riche peinture,

Où l'art, trompant les yeux, égaloit la Nature;

Et des sophas, ornés des tapis les plus beaux,

Partout, dans ce réduit, invitoient au repos.

Qu'il étoit loin de moi! quelle affreuse journée!

Au choix d'une Sultane elle étoit destinée.

Déja, de toutes parts, s'assemble, en ce séjour,

Ce que la Circassie a formé pour l'Amour;

La beauté, la fraîcheur, attraits de la Jeunesse;

Ensevelis dans l'ombre, au sein de la tristesse.

Mille esclaves, par ordre, au son des instrumens,

Viennent briguer le prix & lutter d'agrémens:

L'or avec art tressé brille dans leur parure;

L'éclat des diamans enrichit leur ceinture.

L'une dans ses regards exprime la fierté;

L'autre ouvre un œil mourant, fait pour la volupté.

Mais toutes sur leurs fronts peignoient la jalousie,

Et l'émulation de la coquetterie ;

Le paſſage éternel de la crainte à l'eſpoir ,

Le vuide affreux du cœur, le deſir du pouvoir,

Le caprice, le goût des intrigues fatales ,

Et ſur-tout le projet d'éclipſer leurs rivales.

UNE ſeule fuyoit ce concours odieux ,

Et ſembloit dédaigner-la pompe de ces lieux :

Un voile rabattu me déroboit ſes charmes ,

Mais ne pouvoit cacher ſes ſoupirs & ſes larmes,

Combien ſon abandon me parut ſéduiſant !

Et quelle grace encor dans ſon accablement !

Sur un marbre voiſin elle étoit appuiée ,

Plaintive , ſolitaire , & pourtant enviée.

A ce nouvel aſpect, tout mon cœur ſe troubla :

Une ſecrette voix me nommoit Zéïla.

Oubliant le ſerrail & ſa contrainte auſtère ,

Je voulus, mille fois, découvrir ce myſtère ,

Détacher , déchirer ce voile trop jaloux ,

Et de la jeune Eſclave embraſſer les genoux.

Ce

Ce sentiment trop prompt, par un autre s'efface.

Un Dieu, sans doute, un Dieu suspendit mon audace.

Le Sultan a paru : Monarque infortuné,

Il léve un front superbe, & voit tout prosterné.

Du pouvoir despotique affreuse & triste image !

Vous, que la crainte adore, & que sert l'esclavage,

Que de tributs honteux, & d'encens consumés,

Pour vous dédommager du bonheur d'être aimés !

Sur mille objets rians que sa Cour lui présente,

Il proméne, au hazard, sa vue indifférente.

Morne au sein des grandeurs, sans amour, sans desirs,

Il paroît accablé de l'ennui des plaisirs.

Sur l'Esclave voilée enfin son œil s'arrête ;

Et bientôt il lui fait annoncer sa conquête ;

Le voile tombe. O Ciel ! à ce seul souvenir,

Je sens mon cœur encor, palpiter & frémir.

Que vis-je ? Zéila, Zéila gémissante,

Repoussant de ce choix la marque avilissante,

Pleurant son infortune, & son titre fatal.

D

» Sultan , à tes genoux , reconnois ton Rival ,

» M'écriai-je ; punis un jeune téméraire ,

» Qu'irrite le malheur , qui brave ta colére :

» J'aime ; je fuis François ; je ne redoute rien.

» Mon tréfor le plus cher , & mon unique bien

» Me font ravis par toi ; cette Efclave eft ma femme.

» Du plus noir des forfaits j'avois payé fa flamme.

» Pour racheter fa vie , & pour brifer fes fers ,

» Déchiré de remords, J'ai traverfé les mers.

» Je connois ta grandeur ; & , quoiqu'elle en murmure,

» Je connois encor mieux les droits de la Nature.

» Rends-moi l'honneurr, ends-moi l'objet de mon amour ;

» Ou , qu'à tes pieds, Sultan, on m'arrache le jour.

TANDIS que je parlois, ma Zéïla mourante
Rappelloit vainement fa force défaillante.
Le Sultan étonné balance quelque temps,
Et paroît agité de divers mouvemens.
Quand fon orgueil bleffé lui demande vengeance,
La générofité l'invite à la clémence.

Il s'adoucit enfin : à travers ſa fierté
J'apperçois dans ſes yeux un rayon de bonté.

» JEUNE homme, me dit-il, j'excuſe ton courage,
» Ton malheur m'attendrit : je pardonne à ton âge ;
» Et, pour prix de l'audace où l'Amour t'a porté,
» Je te rends ton épouſe avec la liberté.
» J'avois fixé mon choix ; je te le ſacrifie.
» Comblé de mes préſens, retourne en ta patrie ;
» Ne crains rien ; un Sultan ſçait être généreux,
» Et goûter le plaiſir d'avoir fait un heureux.

IL me quitte, à ces mots : brûlant d'impatience,
Je vole à Zéila, dans ſon ſein je m'élance :
Le ſeul ſon de ma voix ranime ſes appas ;
Elle ouvre la paupière & me voit dans ſes bras,
Quel moment ! ô mon Père ! oſerai-je pourſuivre ?
A de ſi grands plaiſirs comment peut-on ſurvivre ?
Mille avides regards ſe confondent ſur nous.
Zéila s'embellit en des inſtans ſi doux :

D ij

Celles, dont ſes attraits armoient la jalouſie ;

Témoins de mes tranſports, lui portent plus d'envie ;

Et regrettent ces bords, ces climats trop charmans

Où la Beauté commande à de pareils Amans.

PAR l'ordre du Sultan, la foule ſe retire :

Aux Jardins du Serrail il nous fait introduire.

Nous voilà ſeuls enfin. L'aſpect de ces beaux lieux,

Les dons d'un autre Sol, ſemés ſous d'autres Cieux,

Des arbres étrangers l'agréable verdure,

Des fruits mêlés aux fleurs l'odorante parure,

Cent gerbes de criſtal jailliſſant dans les airs,

De nouveaux horiſons, un nouvel Univers,

Tout diſparut pour moi : je voyois mon amante

Moi-même je guidois ſa démarche tremblante ;

Et, mes ſens concentrés par l'excès du bonheur,

S'étoient réfugiés dans le fond de mon cœur.

Tous ces événemens me ſembloient un menſonge ;

J'appréhendois toujours la fin d'un si beau songe;

Doucement attirés par la main de l'Amour,

Sous un berceau plus sombre, & loin des traits du jour;

Nous fuyons tous les yeux : c'est là que dans l'ivresse,

Où de deux cœurs brûlans s'égare la tendresse,

Par un rapide essor l'un vers l'autre élancés,

Dans nos embrassemens nous restons enlacés.]

C'est là qu'à mes transports Zéïla s'abandonne.

L'Amour demande grace, & la vertu pardonne.

Dans ces lieux cependant nous formons des desirs.

Il manquoit un témoin à de si doux plaisirs.

Nous courons vers mon fils : cet Enfant Solitaire

Esclave en son berceau, mouroit loin de sa mère.

Il la voit, jette un cri; rien ne peut l'arrêter.

Il vole dans son sein, pour ne le plus quitter.

Son œil me reconnoît & petille de joie.

Sur ce front enfantin le bonheur se déploie.

Sa mère de ses bras le portoit dans les miens;

Et mes tendres baifers le difputoient aux fiens.

Sur nos lévres de flamme il refpire la vie ;

Pour bégayer mon nom, fa langue fe délie :

Il devient moins timide en devenant heureux,

Et de fes foibles mains nous réunit tous deux.

J'enléve à fon Tyran cette chère victime.

L'or répare, une fois, les ravages du crime.

Mon fils de la mifére a quitté les lambeaux :

On cherche pour fon front des ornemens nouveaux,

Et cet enfant, touché des foins de la nature,

Revient d'un œil riant nous montrer fa parure.

Ah ! dans cet inftant même il arrête ma main.

Mon Père, il me demande à voler dans mon fein.

. . . .

. . . .

Qu'ai-je appris ? Du Sultan la noble bienveillance,

Pour quelques jours encore exige ma préfence.

Des bords que j'ai quittés il veut m'entretenir:

Comblé de ses présens, je lui dois obéir.

Libre de ce tribut, de ce devoir auguste,

Je cours en remplir un & plus saint & plus juste.

O Vieillard adoré, dans tes bras je revien

Achever mon bonheur, en m'occupant du tien.